낙타는 비를 기다리지 않는다

황금알 시인선 78

낙타는 비를 기다리지 않는다

초판발행일 | 2013년 11월 30일
2쇄 발행일 | 2014년 12월 9일

지은이 | 박철영
펴낸곳 | 도서출판 황금알
펴낸이 | 金永馥
선정위원 | 마종기 · 유안진 · 이수익 · 문인수
주 간 | 김영탁
편집실장 | 조경숙
표지디자인 | 칼라박스
주 소 | 110-510 서울시 종로구 동숭동 201-14 청기와빌라2차 104호
물류센타(직송 · 반품) | 100-272 서울시 중구 필동2가 124-6 1F
전 화 | 02)2275-9171
팩 스 | 02)2275-9172
이메일 | tibet21@hanmail.net
홈페이지 | http://goldegg21.com
출판등록 | 2003년 03월 26일(제300-2003-230호)

ⓒ2013 박철영 & Gold Egg Publishing Company Printed in Korea

값 8,000원

ISBN 978-89-97318-58-2-03810

낙타는 비를 기다리지 않는다

박철영 시집

황금알

두 번째 안부를 물었을 때
세상은 춥고 쓸쓸하지만
꽃은 또 필 것이라고 했다
그렇다 여전히 꽃은 피고 또 졌다
그리고 또 필 것이다

더 깊은 곳에 그물을 치려고 했으나
힘은 부치고 물길은 사나웠다
걷어 올린 것 중
새로운 소식 추려 전한다

첫 서리가 은관처럼 부시다

2013. 霜降

차 례

2부 너무도 깊고 푸른 잠입니다

3부 눈물 절반은 비가 되는

■ 해설 | 호병탁

1부

꿈 깨기 전에는 꿈이 삶인 걸

낙타는 비를 기다리지 않는다 1

바쁜 것 같으면서 무료한 날들이 저뭅니다
늦겨울 퇴근 무렵 산그늘 어둠이 온 마을들 덮고
두어 군데 순댓집 간판등이
노란 복수초 꽃으로 피어납니다
아직 산 넘지 못한 바람 유령처럼 헤매지만
놀라는 사람 하나 없는 읍내를 돌아
캄캄해진 우회도로 저 끝
고장 난 보일러를 짊어진 방 한 칸 반짝입니다
오늘 밤 뉘일 수 있는 은혜가 고맙습니다

낙타는 비를 기다리지 않는다 2

고등학교 졸업식 마친 딸내미와 아내 밤늦게 왔습니다
시장통 순댓국을 훌쩍거리며 졸업 축하했지만
소주가 먼저 당겼습니다

대학가고 취직하여
아버지 같은 남자 만나 살며
이런 밤 백릿길 달려와 허름한 순댓국밥 앞에 두고
만남과 작별 반복하며 사는 것이
얼마나 고단한 건지
곧 깨닫게 될 것이다

고개 숙인 딸내미
뒷목이 시릴 것 같아

남은 소주 털어 넣고 한 잎 베어 문 청양고추
너무 매워 눈물 납니다
아내는 괜히 새우젓만 뒤적거리고

달도 별도 없는 춥기만 한 겨울밤입니다

낙타는 비를 기다리지 않는다 3

겨울은 길다
새벽 더디고
닭은 울지 않는다
자리끼가 얼었나
남으로 향하는 북풍이 창을 긁으면

끊어졌다 이어지는 웅크린 꿈길에
치자꽃이 지천이다

낙타는 비를 기다리지 않는다 4

숫자로 평가하여
일등만 기억되지만
공평은 언제나 주관적 수치
계량화된 사회
정량만 추구되는 밥그릇

일식 일찬
감사히 먹겠습니다

낙타는 비를 기다리지 않는다 5

보수 삼 분의 일을 차압하는 국가 벌이 시퍼렇습니다
오뉴월 우박 된서리
분을 삭이고 소주로 화를 위로하지만
술은 쓰고 시간은 더딥니다
남은 삼 분의 이 월삯을 위해
변명과 구명을 하지만
이미 이름에 채워진 차꼬는
계엄령 같습니다

전입

날림으로 지은 관사 위층에 사는 사람들
얼핏 눈인사만 했지만
새벽잠 뒤척이다 보니 대충 알 것 같습니다
공사판 노가다 힘 좋은 사내
눈꼬리 새침한 아낙
종달새처럼 종종대는 귀여운 계집아이 하나

군청 청소차 구시렁거리고
강진 가는 첫차가 기침하는 시간
화장실을 갈 것인가 말 것인가 망설이는
그 시간쯤입니다

초복

개장국을 훌쩍거리며
개보다 못한 사람일까
개보다 더한 사람일까
개 같은 사람일까

뜨거운 국물이 식도를 타고
탐욕스런 위장에 이르기 전
한해 전 이날을 위해 이미 영혼을 결정한
개 같은 운명의 엄숙함에
한 번쯤 묵례하며

장마

노점상 접은 어머니
처마 밑 호박잎 추리고
물꼬 보러 간 아버지
주막 해찰 하실 때
새끼들 눅눅한 방바닥 배 깔고
되지도 않는 숙제 끄적거리다
점심을 한참 넘긴 물차는 정지 기웃거리지만
부뚜막 쉰 감자 몇 알만 썰렁
몇 번이고 마당 깊숙이 넘실거리는 빗물
한 사흘 갇혀 집도 사람도 무겁게 젖어
내일이면 흙탕물 깊이 가라앉을
꿈까지 젖어갈 무렵
어느 집 콩 볶는 냄새 빗물에 스며와
헛배 부른 그런 날

추분

해는 얼마나 더 걸었을까
바람이 짧아지더니
북진했던 꽃들이
남하하고 있고
적화의 반란이 심상치 않으니
찬 서리 내리기 전
항아리 술 가득 채워야겠다

동지소묘

아직 하늘을 떠나지 못한 새 한 마리
볕 든 마른 감나무 끝 외롭게 졸고 있네

착한 바람 속 복숭아꽃 화사하게 피던 시절
호랑나비와 한바탕 푸르렀던 그때
꿈속에 오락가락하는데

저만치 북풍이 점령군처럼 몰려오는 저녁
떨고 있는 가지 위 서럽고 위태롭구나

꿈 깨기 전에는 꿈이 삶인 걸

섣달

금 간 노을
술청에 아직 손님 이르고
눈발은 더 분분한데

늙은 홀어미와 젊은 과수댁
아랫목 등 지지며 가물가물 선잠 속
고등어 가운데 토막 같은 지난 호시절 더듬거릴 때

어디쯤에서 끊긴 길 위에
눈이 멈추고 꽃이 핀다

폭설

선운사 바람 골에 실려 온
하얀 전설들
새벽녘이면 무릎까지 차오르니
건들면 한 많은 사연들 우르르
뛰쳐나올 것 같아
무서워 봉창 구멍 비스듬히 엿보다
그만 적막 비수에 찔려 반쪽 색맹 되어
그해 겨우내 안대하고 눈 속 헤맸네

겨울 읍성

눈부신 백사 한 마리
눈 쌓인 솔숲 느릿하게 기어 나와
긴 하품 동지 정적 슬쩍 건들자
뚝 부러지는 동헌 앞 적송 가지
성이 흔들리며 잠시 어지러운
하오下午

흑백필름 1

영단 삼거리 제일 이용원
술에 절은 오씨 아저씨 수전증 바리깡에
머리통 쥐 파먹은 영락없는 구시장 장돌뱅이
삶이 그대를 속일지라도 노하거나 슬퍼하지 마라
파리똥에 바랜 글귀 액자와
부동자세 야자나무 밑
목말라 할 것 같은 파아란 바닷가 그림이
아무렇게나 걸려있는 이발소
차례를 기다리다 침 흘리며 졸고 있는
막내 때 절은 까만 교복에
노을이 듬성듬성 수놓아 잠시 민경에 반짝이던
그런 피안의 석양 무렵이

흑백필름 2

그런 시절
어금니로 쐬주 병마개를 땄던 시절
주머니는 쓸쓸했지만 이빨 하나는 튼튼했었지
괜한 사랑에도 눈물 찔끔거리고
갑작스러운 이별에는 담담했었다
그런 시절
어둠은 일찍 찾아왔지만
거기 청춘을 묻고 민화투로 낄낄거렸던
새벽은 더디었다
김지미 눈물이나 배호의 가쁜 목소리에
가출 이유가 있었고
외상으로 버티던 아버지 배짱은 위대했지만
한밤중 장독대 뒤 어머니의 숨죽인 흐느낌은
더 위대한 서러움이었다
그런 시절
한겨울 미제 야전 잠바에 홑바지
만월표 고무신 속 맨발
십 리 초상집도 마다치 않고 달려가
연고 없이 울어주며 술 퍼마셨던 객기가

한없이 유치했던
그런 시절
세월은 가고 벽 한쪽에
우두커니 걸려있는 바랜 그림자 한 벌

흑백필름 3

밀린 월사금 책가방 뺏기고
시장에 가보니
뙤약볕 용케 한 뼘 그늘 찾아
팔다 남은 고구마순 벗기며 졸고 있는
어머니
담임선생 싸다귀 이골나 일도 아닌데
긴 해 꼬리 물고 처져 있는
넓은 운동장 가로질러 아무렇게나 걸어가는
당신의 아들은
그때부터 인생은 짜디짠 조선간장을
매일 한 대접씩 들이키는 것이라
생각했었죠

저 하늘에도 슬픔이

스피아민트 껌 향기가 채 가시기 전
찔끔거리는 눈물이
화면 가득히 흐느낌으로 변하더니
기어코 펑펑 눈물을 쏟고
집에 돌아와 밤늦게 돌아다닌다고
뒤지게 처 맞았던
그때 분명 그 하늘은 슬픔이었다

장날

메살미 고개 너머 어린 것들
이제나저제나 목을 빼 보지만
애비는 아니 보이고

간고등어 두어 손 애비 그림자 데불고
비틀비틀, 번지 없는 주막이던가

이른 달빛에 비릿하게 흐르던

폐가

낼모레 수몰될 운암면 쌍암리
검버섯 만개한 슬레이트 지쳐 내려앉고
토방 무성한 쑥대 반쯤 드러난
얼기설기 흙벽 손바닥만 한 방 한 칸
한때 식솔들 거느리고 고단한 몸을 뉘였던 아비의 쓸
쓸함
땟국 절은 몸빼 그대로 새우가 되던 아낙
올망졸망한 어린 것들의 밥투정
겨울밤 남폿불 아래 방바닥까지 굽은 노모
손주 서캐 잡던 꿈속 같은 풍경들

녹슨 *작두시암 모퉁이
앵두나무 꽃 이파리 사이로
끊어질 듯 흐르네

* 펌프 우물 부안지방 방언

호두

버릇처럼 운다

주인의 손아귀에서 굳은 삶
먼 길 떠나온 못생긴
울음이 서럽다

온몸에 굴곡진 축축한 미로迷路
밤이면 캄캄한 호주머니 속
기억조차 힘든 과거

때론 산산조각으로 으스러진
나를 보고 싶다

짜끄럭거려 길든 부드러움 말고
함마 같은 힘으로 내려쳐
비로소 기름지게 살아있는

나를 보고 싶다

부임지에서

고향에서 여장을 풀었지요
서문 밖, 동문 안, 구시장, 성황산
두루 인사하고 매창 누나도 찾아뵈었죠
시장통 변산횟집에서 오징어 안주로
부임기념 쐬주 한잔하고, 메살미 언덕배기를 내려오면서
외상술 먹었던 부안옥 곰보 아줌마 집 골목은
여전히 어둡네요
영산포 요정 정종냄새가 아릿하고 머리숱이 짙었던
구례에서 온 이양도 지금쯤 손주를 두고
구시장을 생각할까요
무논의 개구리 소리도 끊겼고, 별빛도 더는 총총치 않
은 밤
더듬더듬 돌아온 관사
첫 밤, 어김없이 꿈을 꿨네요
새만금 둑이 터져 부안읍내가 온통 물바다 되어
허우적거리는

행장을 꾸리며

낯선 곳으로 떠나는 때 묻은 것들
라면 박스에 차례로 뉘인다

눈발 소소한 창 너머로
한 무리 새들이 자유롭다
아무리 하늘이 넓어도 가는 길은 정해졌을 것이다

넓은 땅이지만 우리도
잠시 정해진 외길로 나서야 하고
보따리 속
일용할 양식을 위한 변명은
언제나 아름답다

앞으로 몇 번의 행장을 더 꾸릴 수 있는
기회를 가상하다 해야 할까

마지막 포장을 끝내고
흔적을 닦아내다 문득
이 길을 처음 왔었던 지지난 여름

들떠 깔깔거리며 따라왔던 웃음들
아직 웃고 있지만 이제야 눈물이 난다

시작

다시 아침입니다

새벽 천변을 뛰면서
오늘도 모든 걸 내려놓고 시작하자
보령재를 넘으면서 미처 덜 내려놓은 것마저
정갈한 마이산을 마주하며 이른 아침 청사 주변
잡초를 뽑으면서 밑바닥 찌꺼기까지 다 내려놓았습니다

운명한 어제의 사람이 애타게 기다리던
소중한 오늘이 반짝입니다

힘차게 순찰차에 오릅니다
제복을 반길 모든 사람들을 위해

정중하면서 경쾌합니다

막걸리를 마시며

술로써 세상을 평정할 수 없고
안주로써 행복을 다툴 수 없다 해도
취하고 싶은 빈속까지 탓할 수 없지

굶주린 승냥이 새끼들처럼
벌컥거리며 젖을 비우고 목숨을 채우는
아름다운 허기 치열한 삶일진대

적당히 부른 배로 내미는 어둠 속 귀로
사방 꽃들이 불을 켜대니
거나한 취함이 공평하다

상실

하늘은 밤마다
버려진 꿈들을 닦아내고
깊고 푸른 풍금 소리로
아침에 버린 꽃들을 줍는다

얼마나 먼 곳에서 와
미련한 사랑의 후회가
하늘이 내준 꽃으로 아름답다고 느낄 때
비로소 떠나갈 곳을 안다

세월 여위어 가면
더 잊을 것조차 없는 여백에
한 줌 불씨 묻어놓고
떠날 것이다

바람이 차다
오늘 밤부터 아침에 버린 꽃들은
내가 주울 것이다

촛불

경건한 함의
산 자들 침묵
떠난 자들 계시
가장 가까운 어둠에서 한 약속
마지막 번쩍이는 견성

병실 1

활처럼 휘어진 막내
갈비뼈가 초승달처럼 양각된
마른 가죽을 쓰고 간신히 숨을 잡고 있는
안타까운 생 죽지 못한 삶
아직 흘릴 눈물이 남아있어
울지마 남은 형제들은 더 흘릴 눈물도 없어
얼마나 놓고 싶을까 목구멍 호스에서 끓어오르는 절규
성한 자들이 더 이상 아무것도 할 수 없는
공허한 면회가 끝나고 돌아서는 등 뒤에 형들 미안해
병실 가득
깊은 파도가 넘실거린다

병실 2

머리 반쪽이 없는 사람
구멍마다 호스를 꽂고 먼 잠에서
돌아오지 않는 사람
실 놓친 연 같은 동공으로 숨만 잡고 있는 사람
목과 허리가 이상한 모형이 되어 장난감 같은 사람

하나님은 인간의 인내를 시험하시는지
형벌의 유형을 전시하시는지
당신의 자비를 베푸시는지

더는 용서하고 사랑할 수 없는 사람들을
하나님께서

2부

너무도 깊고 푸른 잠입니다

부처님 오신 날

사월 초파일 열아홉 백수
성황사 연등 달아주고
몇 잔 얻어 마신 곡주에 취해
재건 바위 널브러져
재림한 미륵과 함께
후천 년 무릉도원 함께 걷다
통금 걸려 서림파출소 나무의자
쭈글친 이 하 여 백

강진에서 쓰는 편지

살구꽃 피면 한번 모이고
가을 깊어 국화 필 땐 또 보자던
벗들은 잘 있는지
책을 읽다 난을 치다 멀리 바다를 보면
문득 형들이 보고 싶고 노모가 지은 더운밥이 먹고 싶다
역모를 꾀한다고 고변 한 자들의 괴변이 초당에 가득
할 때마다
거중기로 들어 바닷속에 처박고 싶었지만
세월은 흐르더라
먼저 간 임금이 그리워 붓을 드니
핏물 든 석양 숙연하고

오늘도 강진만 달 뜨니 새끼들도 같이 뜨는구나

열쇠구멍

출근하면서부터 엿보인다
지하주차장 빠져나오면 공중으로 중계된다
건물을 지나칠 적마다 차량을 비켜갈 때도 외딴 재를
넘을 때도
한 치 착오 없이 전송된다
컴퓨터를 켜고 끌 적마다 순댓국집 막걸리를 마시는데도
핸드폰 통화는 물론 내 돈을 찾는데도 하루 수백 번씩
내가
엿보인다
집에 돌아와 커튼을 내리고 창문을 걸어도
내 동선은 정확히 녹화된다

아내가 기다리는 안방 앞에서 머뭇거리자
탈진한 육신이 욱욱거린다

술청

곱게 늙어가는 주인 아낙
술 한잔 건네니
막 겉절이 버무린 손톱
단풍처럼 곱고
되받은 술잔 속 초겨울 저녁놀
먼저 취해 기우뚱
멀리 천변이
붉고 환하다

이사

한파주의보에 떨던 한해 끝날
잔뜩 웅크린 채 짐을 꾸립니다

때 묻은 세월을 함께했던 숟가락들이며 촌스런 자개장
신혼 때 서로 벗은 살들을 덮어준 솜이불
아이들 초등학교 일기장까지 꾸역꾸역 나옵니다

어색한 웃음으로 처음 찍었던 가족사진과
초임 때 받은 누런 월급봉투
마누라 몰래
부풀린 외상값 공제액수가 실소하게 합니다

고향보다 더 춥다고 투덜대며 꾸러미를 나르는
몽골인 인부들이 힐끔거리며 내 과거사를 엿보지만
무슨 관심이야 있겠습니까

살림 나간 방
크레용 햇살 옅은 그림자가 말합니다
어느 날 네가 살았는지 안 살았는지도 모른다고

창 넘어 모악산 앙상한 바람이
어서 가라 등 자꾸 떠밉니다

워크숍 가는 길

꽁꽁 언 새벽 차가운 버스를 타고
온양 경찰교육원 향하네요

김 하얗게 서린 차창에
난을 치고 그 옆에 굴뚝 낮은 집 하나 들이고
하늘에 구름 두어 조각 새도 날아들었네요

평화로운 그 속에 잠깐 졸았다 눈 떠보니
풍경은 어데 가고 햇빛만 핼쑥하네요

산다는 게 이런 거구나
해 뜨기 전 김 서린 차창의 손가락 그림 한 장 같은

상황

아무런 연고도 없는 야산에서 전생이 된 사내
닷새가 지나서 찾은 주검은 찬 이슬에 추웠고 살아온
날들도
저렇게 춥고 우울했을까
한 가닥 빨랫줄로 무거운 생을 내려놓을 수 있는 결기
남아 있는 자들의 눈물 덧없다 할 것인데
유족들 진술조서가 꾸며지고
빗속에 주검이 인도되고

전신주에 펄럭이는 가출인 수배 전단
떠난 자의 벗겨진 이마
빗물에 반짝인다

석별 2

추분 넘긴 한쪽 볕에 쭈글쳐
손톱을 깎는다
딱톡 딱톡 잘 익어 터지는 열매 소리와 함께
씨앗으로 떨어지는 여름의 분신들
바람 불고 눈 오는 언 땅에서
내년 봄 기약할 수 있을까
석양에 묻어가는 미련
손톱 선명한 반원이 이른 달로 뜨고
잠시 지구가 기운다

밤나방

불이 있는 곳이라면
거기 오늘 더운 밤이 있습니다
매미도 지친 시간
진한 입술 때깔 좋은 나무에 올라
빈 잔을 구슬피 채웁니다
어차피 인생은 빈 술잔 들고 취하는 것
부른 노래들은 도시 끄트머리를 돌아
새벽 새끼들 몰래 들어와 구부린
잠자리까지 환청으로 들리지만
비로소 불빛 없는 칠흑 저편으로
훨훨 나는 영혼을 봅니다

너무도 깊고 푸른 잠입니다

사격장에서

과녁을 노린다
표적지 중앙 까만 점 아팠던 세월 가물거린다
살아온 게 죄지 치욕스러워 삶이 더 아름답던가
망설임 없이 실탄을 재고
방아쇠에 전달되는 찰나
사방은 단말마

피 없이 허공에 찢기는 과거
화약 향이 너그럽다

별別일 1

열아홉 살 먹은 시골 아가씨
밤늦게 사내와 놀다 애비 손매가 무섭자
저 혼자 옷핀으로 솜털 보송보송한 얼굴과 분 같은 하얀
팔을
사정없이 그어놓은 뒤
제집 기둥에 몸을 묶고 강도신고를 했다니

수법도 놀랍고 하마터면 속을 뻔했던 눈물 나는 연기에
속지 않았던 안도감으로
그날 밤, 강력반 밤새 회식을 했다나

별別일 2

수없이 울어대는 112
무슨 사연이 그리 많은지
집 나간 아내부터 돌아오지 않는 개새끼까지
세상 그래도 평온하고 살만하다고 하는 건
제정신이 아니고는 어찌,

생각해 보라 밤새 그 사연 속에 멀쩡하다는 건
오천 원짜리 콩나물 해장국에 대한 모독이다

무제|無題 1

때때로 은행 현금지급기 앞에서 황당할 때가 있지
경고등처럼 번쩍이는 "잔액 부족"
동물의 왕국에서
낙오되는 때이기도 하지

가끔 원고지 앞에서 만년필을 그어볼 때
"시어詩語부족" 아무런 생각도 잡히지 않는
지금 그런 때 나는 어떤 동물의 왕국에
편입되는 걸까

무제無題 2

술이 덜 깨 갈증 난 새벽 냉수 한 사발

라면 끝 국물

아침을 거르고 생된장 묻힌 고구마순에
참기름 한 방울 비벼 먹는 점심밥

그런데 난 누구에게 무엇이 되고 있나
식은 짬뽕국물이면 어떠냐
속이라도 다스릴 수 있는 최소한의 국물이라도 된다면

조일弔日*

중계방송을 보면서 비빔밥을 먹는다
콩나물 가닥 씹히는 소리가 청량하다
화면 가득 새파란 날들이 눈물로 떠가는구나
남아있는 자들 침묵하지 못하고 꾸역꾸역 밥을 넣어
구내식당 밖으로 쏟아지는 햇살이 태연하다
햇빛을 받으면 역사가 된다던 과거가
정오를 지나 주춤거리고
굽은 등 연분홍 바람 속 고개 넘어
봄날은 갔다

* 고 노무현 대통령을 보내며

하늘에 계신 아버지

너희들이 잔을 가득 채울 적마다
너희들 위해 잔을 피하지 못했던
내 고통을 누가 알겠느냐

끝없는 욕심으로 가득한 어둠의 세월 뒤편
내 기도는 너희들의 촛불이 되려 했지만
끝내 어둠을 고집하며 불을 끄려 하니

내 살점과 피로 하여금 더는 아버지 마음을
되돌릴 수 없을 것 같아

하여 이 땅 사철 꽃피고 새 우는 낙원은
잠시 유예할 수밖에 없구나

성묘 1

이제 술 끊으셨죠
오천 원짜리 국화 한 다발 올려놓고
쥐구멍 힘껏 밟아 메꾸다
답답하실 것 같아 긴 풀만 건성 뽑습니다

지난 장마 동안 눅눅한 좁은 방에서
하릴없이 화투패나 떼었을 텐데

잘난 날보다 못난 날이 더 많아도
불평 없이 한 일 년 또 살다 찾아뵐 것이니
오늘 이만 가보겠습니다

공원묘지 입구부터 꽉 막힌
차량과 인파 때문만은 아닙니다

성묘 2

나란히 누워있는 전생의 앙숙이
다음 생에는 절대로 만나지 않을 거라 했지만
어찌 압니까, 지금도 아웅다웅 살고 계실지
일 년이면 두어 번 기웃거리는
자식들 때문이라지만
질긴 인연
올여름 내내 내린 비처럼
참 쇠심줄 같죠

유년

고만고만 여덟 놈 책보 옆에 끼고
정짓간 누룽지 긁는 에미 눈치만 본다
가까운 학교 시작종 치는 소리
땡땡땡 땡땡땡 땡땡땡
땡전 한 푼 없는 에미 맥없는 솥단지 긁는 소리
빡빡빡 빡빡빡 빡빡빡

생일

이른 새벽
아내가 내어 준 생일상
뜨끈한 미역국 급하게 뜨다
입천장 데었는데

비안개 자욱한 모랫제 넘으면서
데인 자리 자꾸 쓰리고 아파
짜증 나다가

문득
찢어지는 고통으로
새끼 세상 내놓으신
당신 생각하니

너무 부끄러워
입을 확 꿰매고 싶었습니다

홍어

오래전 남태평양에서 건너온
삭힌 홍어 한 점 목구멍이 화하다
썩어야 이름값 하는 치열한 삶
꼭꼭 씹어 소주와 넘기면서
향내 나게 부패하는 숭고함을
취하기 전 깨달아야 한다

직무유기

서랍을 열 적마다
한 번도 사용해 본 적이 없는
은빛 수갑
번뜩이며
철컥, 채울 것을 조른다

채울 것 널려있어도
채우지 못하는 무능

나부터 채울까
오늘도 망설이다
다시 서랍을 닫는다

남도동행

철 이른 전어 한 접시
소주에 기우는 바다는
늦여름에 잠시 서럽다

길 끝 바다가 있고
바다 끝 길이 있어
떠나야 만나는

미운 세월도
정겨운 투정이다

혼돈

꿈속에서 꿈을 꾼 적이 있다
생시 전 전의 생시인가
말을 타고 처음 보는 풍경 속을 질주하는데
멈추질 않아 식은땀 흘리면서
이것이 꿈이었으면 하면서 깨고
다시 일상으로 돌아와
술 질펀하게 마시고 발 헛디뎌
낭떠러지 떨어지면서
아 이게 꿈이었으면 하다 깨면
오후 햇살이 말간 창가 사무실 쪽잠
다시 이것도 꿈일까
점심때 먹은 매운탕과 산사춘이 진짜일까
꿈속에 꿈 다시 꿈으로 이어진다

악몽

후진하던 자동차 브레이크가 말을 듣지 않습니다
큰일입니다 절망입니다 수많은 사람들 사이로
무한정 질주하는 나는 어떡해야 할지

입영영장이 또 나왔습니다 항변을 해도 소용없습니다
헌병들에 끌려 유격훈련을 받으면서 얼마나 억울했는지
강원도 똑같은 자대 배치 졸병들이 고참이 되고 난 졸
병이 되어
탈영하다 잡힌 나는 어떡해야 할지

발령이 났습니다 자리도 없고 보직도 없고
순창 산골 지서 옛날 사나운 지서장과 다시 만나
지겨운 날들을 보냅니다 나는 어떡해야 할지

나이 먹어 학교에 갑니다 오전 열 시가 넘어 수업 중
에 가는 학교
책가방도 책도 없는 가기 싫은 학교지만
허겁지겁 서두르다 오줌까지 지리고
왜 가는지 답답한 나는 어떡해야 할지

가끔 이런 꿈들이 색깔만 바뀌어 오늘 앞에 있다는 게
진짜 악몽이겠죠

올무 1

오래전 겨울 강원도 전방
덫으로 잡은 까투리 한 마리
바라보던 순한 눈망울
살이 떨렸다

달빛이 푸르다 그것마저 경계해야 한다
새벽이 오기 전까지 안심은 이르다
어차피 빠져나와도 상처는 클 것이니
능숙한 사냥꾼을 피할 수 없는 건 업보

올무 2

피할 수 없는 올가미는 걸려 주어야 합니다
그렇지 않으면 목을 내 주어야 합니다

올무에 걸려 절름거리며
굴욕의 시간을 삭히는 일

불편한 섶에 몸을 눕히고 쓸개를 맛보기에는
세월이 빠릅니다

3부

눈물 절반은 비가 되는

석별 1

아늑하고 정겨운 곳을 꿈꾸고 걸었는데
나무 그늘이라고 사양하는 맘이 쓸쓸하구나

너무 걸었나 쉴 때도 되었겠지
다시 일어서서 동행할 수 있겠지
얼마 남지 않은 갈림길
오던 길 되돌아보면
아직 발자국 선명한데
남은 길 잘 가거라

나그네는 쉬어간 그늘을 기억하지 않는단다

노래방에서

쓸쓸한 날이면
흘러간 노래를 부른다
노래가 흐르고 세월이 흐르고
비가 흐른다
화면 가득한 은빛 강물도
꽃잎 띄우고 무작정 흐른다

더 부를 노래 끝내 찾지 못할 때
눈물이 흐른다

몌별袂別

잡고 있는 소매 자르랴
울지 마라
웃으면서 만나는 사람 있거든
그때 목 놓아라

우중 보름날

비가 오네요
순찰차 경광등 푸른빛 붉은빛이
마술처럼 튕겨 오르네요
가볍게 밀어 올리는
저 이쁜 힘
죽도에 숨어든 정여립 숨소리만큼
적막한, 달은 없고
비는 밤새 웁니다

통화 중

비 오는 늦은 밤
술집에 앉아 핸드폰을 열고
반쯤 취하고 반쯤 쉰 목소리로
더듬거리며
아프지마 네가 아프면 내가 아파
빗소리에 묻힌 듯 뚜 뚜 뚜
멀리 가지 못하고
절름거리는 내 사랑

동지冬至 · 황진이를 생각하다

춥고 긴 밤

먹을 갈았을까 술을 따랐을까
마른 강치보다 더 매운 깊은 속
절절히 임 향한 맘

베개를 껴안고 밤새 앓았을까
부치지 못할 긴긴 연서 쓰고 또 썼을까
가슴 활활 거리는 불길 잡으러
살얼음 동치미 얼마나 마셨을까

촛농 흘러 심지마저 태우고
새벽 닭 울음에 눈물 훔치다
설핏 잠들면 배꽃 이파리 나붓거리고

여기가 이승인가 저승인가

가을

옛 여자의 목소리로 오는가
지금 바람 끝에 서서
흔한 이별을 보는가

들판 불 놓아
저녁 서쪽 기울면 눈물 절반 비가 되는
정체불명의 서러움

기소중지

죄를 저지른 사람이 잠적하여 재판할 수 없을 때
사법처리를 미루는 것이죠

사랑하던 사람을 무슨 이유로든지
사랑할 수 없게 되었을 때
일정 세월을 유예 시켜야겠죠
법으로 말이죠

아무리 헤어지고 만나는 것이
법보다 가깝다 하지만요

풍경 1

새벽
젖빛 안개에 눈먼
물총새 한 마리
금방 깨어난 강물 찍어
안개
지우다
지우다 지쳐
젖은 날개 곱게 접고
어여삐 추락할 때

풍경 2

서러운 게 어디 구시포 그믐달뿐이랴
제 몸뚱어리 하나 간수 못 해 사방 뒤틀린 동호 해송들
이나
제대로 짠물 한번 들이키지 못한 심원 갯벌 갈게들 역시
마찬가지지

선운산 사자 바위에 아직 하산을 미루고 있는 불투명
한 바람이
지난주 하직한 꽃무릇 넋을 위로하겠다 하고
동백의 도도함은 찬 이슬일수록 더 오만해질 터인데

도솔암 마애불 아직 도솔천 건너기 전
이 불쌍한 미물들 처처 성불토록 합장해 볼까나

풍경 3

잿빛 우아한 황새
새벽 안개 잔잔한 강가
외다리 곧은 묵상
숨 멎을 듯한 적멸
순간 피라미 한 마리 채어
황급히 날아가니
아 한 끼를 위한 저 숭고한 인내

오늘 아침 밥상이 엄숙하다

봉숭아

초승달 붉은 수줍음
누나,
떠나고 없는 울밑 그늘엔
아무런 꽃도 피지 않고 더는 처량할 것 없는
흔적도 없으니

지난여름
비표로 남긴 가슴의 화인만
손톱 끝에서 활활 타고 있습니다

대설주의보 1

울컥울컥 쏟아내는 저 설움
감당할 수 없네요

기다림의 흔적 그만 지우세요

낮은 하늘
모두 하얀 색맹으로 만들어 놓고
오늘도 당신 주의해야 하나요

고만 거두어 가세요

대설주의보 2

아침부터 하늘이 삐끗하더니 점심이 지나자
참았던 기다림이 하얗게 쏟아져 내린다
천식 환자처럼 골골거리는 버스도 끊기고
천천으로 넘어가는 방곡재
놀란 고라니 발자국 절편 무늬로 이쁘다
벌써 어둑한 산골 굴뚝
대설을 알리는 봉화가 피어오르면
시린 동치미 한 사발 시래기 밥으로
아늑한 겨울밤이 시작된다

소나기 1

기억의 끝
물구나무로 기다렸던 여자
가쁜 숨 몰아쉬며
쏟아져 오네요
아직도 거친 내 사랑
왈칵, 쏟아졌다
미련없이 스러져 갈 건데

소나기 2

갑자기 양철 지붕 위로 수십 마리 고양이들이 뛰어갑
니다
낮아진 먹장 하늘가에 방죽 잠자리 우왕좌왕
번쩍 백만 촉 전구가 켜졌다 꺼지더니
후두둑 졸고 있던 호박잎이 기겁 합니다

흙냄새 진한 으스스한 바람이 동네를 휘돌고서야
해가 빼꼼 눈치 보는 칠월 오후 녘 모정
초복 낮술 취한 당숙 세상 모르게 코를 고는

소나기 3

대낮 갈기를 세우고
기습하는 무리들의
씩씩함

지칠 줄 모르는
아름다운 탐욕

관절을 저미는 무모한 소리와
단번에 스러지는 빛까지

갑자기 저녁 여섯 시로
마술 걸린
어느 여름 끝자락

우화 雨花

세상 꽃들 모두 지던 날
비로소 내 눈물의 꽃이 피었습니다
탓하지 않겠습니다 아무도
우울한 꽃 한 송이
오랫동안 피울 것입니다

낙화일기

1
바람이 지날 적마다
화려한 과거가 울었고요
비가 뿌릴 적마다
막연한 약속이 미웠어요
이제 되었나요
저 시샘하는 것들 다 용서하고
빈몸으로 떠나려는데

2
무슨 미련이 있던가요
한 열흘 아낌없이 주고 나니
갈 때가 되었나 봅니다
약속은 하지 맙시다
남은 세월 지난 향 남아 있다면
죄송합니다
머물다간 자리 깔끔치 못함을
그저 연민의 바람 탓이라 생각하세요

정거장

먼 길 잠시 눕힌다
막차는 아직 기별 없고
방금 헤어진 손길만 따뜻하다
길은 다시 어둠 속에 제집을 찾아 나서고
행선지만 혼자 적막할 쯤
저만큼 순한 짐승 같은 불빛이
들어온다

일어서니
사방이 반갑다

봄날 1

눈부신 목소리 누구냐 묻지 마세요
수상한 바람 지날 때까지
꽃들은 아직 숨어 있어야 합니다
아프게 일어서는 외로움 그냥 두시고
저 반란의 햇살 속 유유히 투항하는
세상 것들 다 품어 주세요

봄날 2

이제 불을 당겨볼까
들판마다 번지는 연초록 색등

독립군처럼 스며드는
그리움 같기도 하고
서러움 같기도 한 노오란 편지 한통
차마 뜯어볼 수 없는 비밀의 정원

아직 내려오지 못한 바람
사월의 신부로 눈 내리고

볕 잘 드는 툇마루
쑥국에 밥 한 그릇 비벼놓고
잠시 목메는 정오

봄날 3

그런 날이었죠

석황산 딸기밭 새파랗게 물들어 갈 때
알량한 책보 방공호에 감춰놓고

재건 바위에 누워
읍내 오포 소리 들으며
울 엄니 앞치마만 한 구름 한 조각
눈을 감아도 시린 하늘

동초등학교 애들 깔깔거림도
이국의 하모니카 소리 같았던
그런 날

따뜻한 양수 막으로 한없이 빨려가
세상 다시는 나오기 싫었던
그런 봄날은 가고

고백 1

당신은 빨간 우체통입니다
이쁜 소식만 담아 건네는
당신 입술은 언제나 붉은 장미

바람 불고 비 와도
내 키만큼 단아한 처마가 되어
속삭입니다 더 쉬었다 가

한결같은 장소에서
온몸으로 따뜻한 안부 전하는
당신은 집배원

내 사랑의 마지막 숙주입니다

고백 2

가는 빗속에
꽃들이 떠나가네요

지기 전에 꼭 해야 했을
한마디
빗물에 흐르네요

차마 지금이라도 소리치고 싶어도
목이 메어 전할 수가 없네요

약속할 수 있을까요
다음 봄날까지
기다린다고요

그때 말할 수 있을까요
떨리게 하는 세월이 밉네요

꽃은 하염없이 지고
비는 무정하게 내리는 날 입니다

'자연스럽게' 깎은 서정, 진정 시를
시답게 하는

호 병 탁(문학평론가)

1.

사람은 누구나 자기를 표현하고자 하는 욕구와 또한 그럴 수 있는 무한한 잠재능력을 가지고 있다. 그리고 이 능력이 자신에게 있다는 것을 알고, 이를 일깨우는 적절한 심리적 계기와 반복되는 훈련을 거치며 '자연스럽게' 시를 쓰기 시작한다면 그 사람은 시인이 될 수 있다. '자연스럽게'라는 말을 강조했다. 어떠한 선생도 특별한 심리적 동기를 부여하고 평범한 정신 속에 감추어진 능력을 끄집어내 단련시킬 수는 없다. 이런 것들은 스스로 '자연스럽게' 이루어져야 한다. 좋은 선생이 있다면 개인의 상상력을 일깨우고 글쓰기에 대한 자신감을 북돋우는 사람 정도가 될 것이다. 이는 우리의 평범한 재능이 자신을 기만하지 않고 '자연스럽게' 언어로 표현

되도록 해야 한다는 말과 같다.

시 쓰기에 있어 허위와 기만—예로 요즘 많이 눈에 띄는 요령부득의 시어, 알 수 없는 관념어, 이상한 추상개념 등, 그리고 이런 언어로 구성된 시가 이상적이라는 터무니없는 생각 등—은 시 전체 구조에 즉시 부패의 냄새를 풍기게 한다. '자연스럽게' 써진 시가 아니기 때문이다. 대개 허위와 기만은 잘 못된 가르침과 배움에서 비롯된다.

2.

평범한 일상에서 스스로 시 쓰기의 심리적 동기를 찾아내고 자신의 잠재능력을 최대한 끄집어내 시를 형상화하는 시인이 있다. 그는 자신을 결코 속이는 법이 없다.

바쁜 것 같으면서 무료한 날들이 저뭅니다
늦겨울 퇴근 무렵 산그늘 어둠이 온 마을들 덮고
두어 군데 순댓집 간판등이
노란 복수초 꽃으로 피어납니다
아직 산 넘지 못한 바람 유령처럼 헤매지만
놀라는 사람 하나 없는 읍내를 돌아
캄캄해진 우회도로 저 끝
고장 난 보일러를 짊어진 방 한 칸 반짝입니다

오늘 밤 뉘일 수 있는 은혜가 고맙습니다
- 「낙타는 비를 기다리지 않는다 1」 전문

시집의 표제작이자 첫머리에 등장하는 시다. 그저 그런 하루를 보내고 퇴근할 무렵의 마을 풍경을 담담하게 서술하며 시는 문을 열고 있다. 몇 행에 불과한 묘사지만 의미 있는 많은 풍경이 조그만 그림 속에 녹아있다.

늦겨울의 해는 일찌감치 떨어져 산그늘이 온 마을을 어둡게 덮고, 순댓집 간판등만 "두어 군데" "노란 복수초"처럼 켜지고 있다. 요란한 네온사인이 아니다. 허름한 식당의 등불만, 그것도 '두어 군데' 켜지는 것을 보면 이곳은 지방의 소읍에 불과하다. 더구나 산그늘이 온 마을을 덮는 곳이라면 깊은 산골의 소읍이다.

등불이 "복수초로 피어"난다라고 시인이 비유하고 있음을 주목할 필요가 있다. 복수초는 '산지'에서, 그것도 '나무 그늘' 아래에서 자라는 작은 꽃이다. 고운 '노란' 꽃이 줄기와 가지 끝에 한 개씩 핀다. 산마을의 어둠 속에 두어 군데 식당 등불이 켜지는 것과 산골의 나무그늘에서 두 송이 노란 꽃을 피우는 복수초의 시각적 이미지는 좋은 대비를 이룬다.

시적 배경이 지독한 산골 마을이라는 것은 이어지는 행에서도 나타난다. 바람은 아직도 산을 넘지 못하고 마을을 헤매고 있다. 그만큼 사방의 산들이 마을과 대처를 가로막고 있다는 말이다. 이 시에서 유일한 직유인 "유령처럼"은 바람이 마을 고샅에 황량하게 불고 있음을 강조하고 있다. 물론 늘 있는 이런 일에 이 고장 사람이 놀랄 일은 없다.

시인이 기거하는 곳은 읍내에서도 제법 떨어진 "우회 도로 저 끝"에 있다. 캄캄한 그곳에 시인이 사는 "방 한 칸"이 불을 반짝이고 있다. 그런데 그 방은 "고장 난 보일러를 짊어"지고 있는 방이다. 이 말은 시인이 식구들과 떨어져 혼자 산다는 것을 의미한다. 가족들이 있다면 절대로 고장 난 보일러를 그대로 둘 리가 없다. 특별한 일을 하는 것도 아닌데 늘 바쁘기만 한 일상은 보일러를 손 볼 틈도 허락하지 않는다. 신산한 삶의 한 자락 양상이 이 행에 짙게 배어있다. 시인은 이 밤도 혼자 춥게 잘 것이다.

위의 시는 "저뭅니다", "피어납니다", "반짝입니다", "고맙습니다"로 병치된 네 개의 종지형 문장으로 짜여있다. 같은 종지형의 병치는 시에 운율의 효과를 부여한다. 그러나 더 눈여겨볼 점은 같은 종지형의 문장이지만 그 확연한 의미의 변화다. 저물고, 피고, 반짝이는 것은 시적 대상에 대한 형용, 즉 산골 마을의 귀갓길에 차례로 나타나는 풍경의 변화를 묘사하고 있는 것이다. 그러나 시인은 짧은 한 행으로 이루어진 마지막 문장에서 갑자기 자신의 직선적 주관을 드러낸다.

오늘 밤 뉘일 수 있는 은혜가 고맙습니다

이 시에서 처음이자 마지막으로 표출되는 시인의 단언적인 사유다. 지금까지 시인이 보여주는 소읍의 풍경을 바라보며 따라가던 독자는 느닷없는 이 끝 행에서 깜짝 놀란다. 고맙다? 무엇이? 시인은 태연하게 답한다. "오늘 밤 뉘일 수 있는 은혜" 때문이라고. 산마을에서 혼자 춥게 사는 삶이다. 그러나 시인은 투덜대고 구시렁거리지 않는다. 오히려 머리를 둘 수 있는 작은 방이 이 마을에 존재함을 '은혜'로 생각하고 고마워한다. 따뜻한 시선으로 세상을 보는 시인의 마음이 여실히 드러나는 대목이다. 어떠한 사물이나 현상에 대해서도, 심지어 보일러가 고장 난 방 한 칸에도 따뜻한 눈길을 보내는 마음은 무엇보다 중요한 시인의 −시인만이 가질 수 있는− 덕목이다.

3.

『낙타는 비를 기다리지 않는다』는 시집 제목일뿐더러 심상치 않은 같은 이름의 연작시가 시집에는 몇 편 있다. 낙타가 왜 비를 기다리지 않는지 그냥 넘어갈 일이 아니다.

낙타는 '사막의 배'라 불린다. 사막에 살며 사막을 오간다. 이놈은 귀털도 길고 눈썹도 빽빽해서 모래먼지를

막고, 콧구멍도 제 맘대로 닫을 수 있어 수분이 빠져나
가는 것을 막는다. 등에는 지방으로 된 커다란 혹이 있
어 며칠을 먹지 않고 물을 마시지 않아도 견딜 수 있다.
몸 자체가 사막의 생에 잘 맞도록 생겼다. 만약 비가 사
막에 넉넉하게 내린다면 수목이 우거질 것이고 낙타는
그것에 맞게 다른 모양을 할 것이다. 그러나 사막에는—
그런 말이 존재하는 한—비가 내리지 않는다. 낙타는 안
다. 비를 기다려 봤자 말짱 헛일이라는 것을.

시인도 안다. 세상이 온갖 욕망으로 밀고 당기며, 치
고 패고 부대끼지만 결국 부질없는 한바탕 꿈에 불과한
것임을. 용을 써봤자 소용없는 일임을. 그는 사막의 낙
타가 비를 기다리지 않는 것처럼 헛된 욕망에서 벗어나
려 한다. 오늘도 낙타는 사막을 터덕터덕 걷는다. 어쩌
다 만나는 오아시스를 고마워하며. 별볼 일도 없이 바쁘
기만 한 생을 시인도 터덕터덕 걷고 있다. 그래도 머리
를 뉘일 수 있는 방 한 칸을 고마워하며.

같은 제목의 두 번째를 시를 본다.

고등학교 졸업식 마친 딸내미와 아내 밤늦게 왔습니다
시장통 순댓국을 훌쩍거리며 졸업 축하했지만
소주가 먼저 당겼습니다

대학가고 취직하여
아버지 같은 남자 만나 살며

이런 밤 백릿길 달려와 허름한 순댓국밥 앞에 두고
만남과 작별 반복하며 사는 것이
얼마나 고단한 건지
곧 깨닫게 될 것이다

고개 숙인 딸내미
뒷목이 시릴 것 같아

남은 소주 털어 넣고 한 잎 베어 문 청양고추
너무 매워 눈물이 납니다
아내는 괜히 새우젓만 뒤적거리고

달도 별도 없는 춥기만 한 겨울밤입니다
              —「낙타는 비를 기다리지 않는다 2」 전문

　시인은 시적 사건을 온전히 기록하기 위해 모든 감각
을 개방하여 존재들의 움직임을 감지하고 그것이 내는
소리에 귀를 기울여야 한다. 감각들은 이미지를 만들어
내고 그것들이 모여 하나의 통합된 이미지가 될 때 시적
사건은 강력한 이미지의 힘으로 새로운 면모를 띠며 독
자의 가슴을 치게 된다.
　개인적으로 나를 가장 감동케 하고 가장 오래 울게 한
시 한 구절이 있다.(나는 여간해서는 울지 않는 무딘 사람이
다.)

여인은 나어린 딸아이를 따리며 가을밤같이 차게 울었다.

　백석의 「여승」에 나오는 이 짧은 시 한 행은 왜 나를
그처럼 슬프게 하는가. 평안도 깊은 산골 금점판에서 어
린 딸을 데리고 옥수수를 팔고 있는 아낙, 이미 정황은
코끝을 찡하게 한다. 어린 것은 어미를 따라와 어쩌다가
맞고 있는지 가슴이 메어진다. 무슨 큰 슬픔이 있기에,
얼마나 세상이 폭폭 하였으면 어미는 가을밤같이 차게
울며 어린것을 때리고 있을까. 이 불쌍한 아낙과 어린
것이 도대체 무슨 죄를 지었기에 깊은 산골에서 이처럼
슬픈 장면을 보여주고 있단 말인가. 그 기막힌 사연은
알 수 없으나 강한 연민과 동정에 누선이 젖어 옴은 어
쩔 수 없다.
　나는 인용된 박철영의 시를 읽으며 단박에 백석의 위
시행을 떠올렸다.
　세 식구가 시장 구석에서 순댓국을 먹는 것은 예사로
운 일이다. 그러나 위 정황은 예사롭지가 않다. 늦은 밤
이다. 고등학교 졸업식을 마친 딸내미와 아내가 찾아왔
다. 당연히 아버지가 졸업식장에 가 축하해야 옳았다.
그러나 거꾸로 모녀는 식을 마치고 백릿길 산골마을의
아버지를 찾아온 것이다. 바로 그 '산그늘의 어둠이 짙고
바람이 고샅을 헤매는 마을'이다. 세 식구는 허름한 식당
에서 늦은 저녁을 먹고 있다. 아버지는 "순댓국을 훌쩍
거리며" 말로만 졸업을 축하한다고 하지만 정작 훌쩍거

릴 사람은 졸업식에도 오지 않은 아버지가 야속한 딸이 될 것이다. 당연히 아버지는 소주가 당긴다.

　시골식당의 정경에는 짙은 페이소스가 배어있다. 졸업을 축하하는 세 식구의 식탁 위에는 샴페인 잔의 맑은 쟁그랑 소리도, 밝은 웃음과 음악 소리도 없다. 허름한 식당의 순댓국 훌쩍거리는 소리와 쪼르륵 소주 따는 소리와 넋두리 같은 아버지의 설교 같지 않은 설교가 있을 뿐이다. 이들은 착한 우리의 이웃이다. 그리고 바로 우리 자신들이기도 하다. 소시민 가족이 엮어가는 신산한 삶에 깃든 비애는 그래서 더욱 짙게 다가온다. 졸업식을 마친 딸과 어머니는 무얼 잘못해서, 어디가 못나서 따뜻한 도시의 식당 대신 추운 겨울밤 백릿길의 허름한 산골 식당에서 순댓국이나 훌쩍거려야 하나. 아버지가 못나서? 하기야 잘난 아버지라면 안주로 겨우 청양고추 베어 물다가 아내 앞에서 눈물이나 찔끔거리겠는가. 그러나 천만의 말씀이다. 아버지도 착하기만 한 우리의 이웃일 뿐이다. 세 식구가 연출하는 정경에 가슴이 메어온다.

4.

　이제 시인 박철영을 잠깐 소개해야 할 것 같다. 그는 이미 시집 『불황시대』와 『아름다운 감옥』을 상재한 바 있는, 서정성 짙은 글을 쓰는 중견 시인이다. 그는 현역 경찰공무원이다. 경찰과 군인처럼 이리저리 부임지가 많이 바뀌는 공무원도 없을 것이다. 나는 그가 금마 지구 대장을 할 때 심호택 시인과 함께 술을 마시기 시작했다.(내게는 술을 함께 마시는 것이야말로 한 사람과의 교분이 시작됨을 의미한다.) 그 뒤로도 시인은 여러 곳을 전전하며 근무하고 있는데 맨날 지방의 소읍만 돌아다니는 것 같다. 서울서 근무한다는 소리는 한 번도 들어본 적이 없다.

안도현은 『아름다운 감옥』의 표사에서 "현실로서의 고단한 일상과 꿈으로서의 열정적인 낭만이 교차하거나 부딪치는 곳"에서 그의 시가 태어난다고 말한다. 그리고 시인을 "남들이 눈 여겨 보지 않는 것, 아주 사소한 것에도 감격할 줄 아는" 따사로운 눈빛을 가진 사람이라고 말하며 이는 "시인의 가슴 속에 고여 있는 뜨거움이 여과된 흔적"이라고 간명하게 그와 그의 시세계를 표현하고 있다. 아주 적확한 말이다. 박철영은 한 마디로 '고단한 삶 속에서 고마움을 길어 올리고 그것을 서정적으로 노래하는 사람'이다. 그의 이런 얼굴은 이미 위의 두 시편에서도 확연히 드러난다.

여러 부임지를 떠도는 특별한 경험과 이에 대한 기억은 그의 시세계에 선명한 흔적을 남기고 있다. 시인은 그 기억이 잉태한 서정을—그것이 외로움이든 그리움이든, 아픔이든 혹은 기쁨이든—'자연스럽게' 그려낸다. 나는 박철영의 시에 '진정성'과 같은 도덕적 수사를 붙이고 싶지 않다. 요즘 세상에는 '진정성'이라는 '진정한 실체'가 의심되는 것들이 너무나 흔해 빠졌기 때문이다. 대신 '최소한 자신을 속이지 않는' 순수한 정신을 그의 시는 고수하고 있다고 말하겠다. 글의 모두에서 말한 것처럼 시인은 자신의 기억에 시적 동기를 부여하고 내부에 잠재하는 상상력을 최대한 동원하여 시를 시답게 하는 서정으로 '자연스럽게' 시를 깎을 뿐이다. 자신을 기만하는 법은 없다. 따라서 그의 시에는 이상야릇한 부패의 냄새가 전혀 없다.

이제 우리는 시인이 왜 유목민처럼 떠돌아야 하는지 그 이유를 안다. 그의 직업이 한 곳에 정착하지 못하도록 등을 떼미는 것이다. 그래서 시인은 산골마을에서 혼자 춥게 살아가야하고 졸업식을 마친 딸내미와 아내가 밤늦게 시인에게 찾아오기도 하는 것이다.

5.

다시 읽던 시로 돌아가자.

둘째 연에서 시인은 찾아온 딸에게 당부도 아니고 훈계도 아닌 객쩍은 소리를 하고 있다. 나중에 "아버지 같은 남자 만나" 결혼하고 살면 이처럼 밤길 달려와 허름한 식당에서 순댓국이나 먹고 "만남과 작별 반복하며" 살게 될 것이라고. 그리고 그렇게 사는 것이 얼마나 "고단한' 일인지 곧 깨닫게 될 것 이라고. 딸내미가 언제 자기 같은 사람 만나 살겠다고 말 한마디라도 했던가. 괜히 미안한 마음에서 하는 그야말로 객쩍은 소리다. 그러나 이 발화에는 딸에게 건네는 투박하지만 지순한 아버지의 사랑이 담뿍 배어있다. 아버지의 눈에 고개 숙인 딸의 뒷목이 시리게만 보이고 짠하기만 하다. 소주를 털어 넣게 되는 또 다른 이유가 발생한다.

우리의 누선을 적시게 하는 넷째 연의 장면묘사는 이 시에서 압권이다. 시인은 한 입에 "남은 소주 털어 넣고" 안주로 청양고추를 베어 문다. "너무 매워 눈물이" 난다고 핑계를 대지만 그 눈물은 꼭 고추 때문 만인가. 딸과 아내는 잔소리가 없다. 불평의 소리도 한 마디 없다. 딸은 고개를 숙이고 있고, 아내는 "괜히 새우젓만" 뒤적거린다. 새우젓 뒤적댄다고 고기 한 점 나오나? 길이 없으니 한 길을 걷고, 물이 없으니 한 물을 먹는 남편을, 아버지를, 그들은 믿고 따른다. 곯아도 젓갈은 좋은 법이다. 말없이 '말 같지도 않은 말'을 듣고 있는 그들의 모습이 한없이 짠하고 정겹다.

> 달도 별도 없는 춥기만 한 겨울밤입니다

느닷없는 마지막 행에서 우리는 또 한 번 놀란다. 허름한 술청 안에서 세 식구가 순댓국을 먹는 모습을 함께 짠하게 바라보고 있던 우리는 갑자기 밖으로 쫓겨난다.

눈물까지 비치는 광경으로 시는 자칫 감상적으로 빠질 뻔했다. 더 가면 신파조다. 시인은 시침이 뚝 떼고 한 마디로 밖의 추운 겨울밤을 묘사하며 시에 단단한 매듭을 묶어버린다. 이 시에서 처음으로 그려지는 바깥 모습이다. 깔끔한 마무리다. 그럼에도 "달도 별도 없는 춥기만 한 겨울밤"이라는 단순하고 선언적인 바깥세상에 대한 묘사는 우리를 잠시 숙연하게 한다.

6.

그러나 찬바람 불고 춥기만 한 세상이지만 시인은 징징대거나 투덜대지 않는다. 오히려 고달픈 삶의 세계에서 웃음을, 때로는 그것이 유발하는 해학과 건강한 관능을 걷어 올린다. 이는 자연과 우주에 대한 성실한 긍정에서 비롯되는 것으로 따뜻한 사랑의 눈길로 세상을 바라보는 자에게는 전혀 어려운 일이 아니다. 그렇기 때문에 비록 "겨울은 길"고 "새벽은 더디" 오지만 그가 "웅크린 꿈길"에는 향내 나는 "치자꽃이 지천"으로 피어나게 되는 것이다.(「낙타는 비를 기다리지 않는다 3」)

새로 전입한 임지에서의 어느 새벽 정황을 보자.

> 날림으로 지은 관사 위층에 사는 사람들
> 얼핏 눈인사만 했지만

새벽잠 뒤척이다 보니 대충 알 것 같습니다
공사판 노가다 힘 좋은 사내
눈꼬리 새침한 아낙
종달새처럼 종종대는 귀여운 계집아이 하나

군청 청소차 구시렁거리고
강진 가는 첫차가 기침하는 시간
화장실을 갈 것인가 말 것인가 망설이는
그 시간쯤입니다

-「전입」전문

　두 연으로 구성된 위의 시는 화자가 전입해 살게 되는
관사 위층의 어느 식구에 대한 설명과, 그들을 새롭게
인식하게 되는 어느 새벽 한 때를 설명하는 것이 전부
다. 그 집은 "날림으로 지은" 것이라고 하는 것으로 보아
별 볼 일 없는 집 같다. 그렇다면 그 집 위층에 사는 사
람들도 별 볼 일 없기는 마찬가지일 것이다. 그곳에는
젊은 부부와 어린 딸이 살고 있다. 흔해빠진 소시민들이
다. 그러나 그들의 모습을 형용하는 수식어들은 단박에
생생한 표정을 지으며 우리 앞에 다가서는 세 식구를 보
게 한다. 남자는 건장한 인부고, 그 아내는 새침데기고
어린 딸은 종달새처럼 귀엽다. 막말로 곰 같은 남편, 여
우같은 아내, 토끼 같은 새끼다. 이런 식구가 함께 산다
면 그것이 바로 행복이다. 가난하지만 행복한 세 식구를

바라보는 시인의 눈길이 다시 한 번 다가오는 대목이다. 이는 시인의 뜨거운 가슴에서 비롯된 것이고 그들 앞에 붙은 수식어 하나하나는 바로 이 '뜨거움이 여과된 흔적'이라 하지 않을 수 없다.

이 시에는 사랑이란 말도, 그와 관련된 어떠한 시어도 없다. 또한 그들이 나누는 어떠한 사랑의 대화도, 행동도 시인은 들려주지 않고 보여주지 않는다. 그럼에도 부부를 수식하는 '힘 좋은'과 "눈꼬리 새침한"이란 단 두 마디 말은 매우 건강한 젊은 부부의 성적 관능을 확연히 느끼게 한다. 거기까지다. 시인은 갑자기 연을 바꿔 이른 새벽을 묘사하기 시작한다.

화자가 깨어나 뒤척이는 이 시간은 청소차가 지나가는 시간이다. 조금 있다가 "강진가는 첫차가 기침하는 시간"이다. 그리고 화자가 "화장실을 갈 것인가 말 것인가 망설이는" 시간이기도 하다. 그리고 시는 더 이상 아무런 설명 없이 끝이 난다.

그러나 독자는 왜 화자가 새벽잠을 뒤척이게 되었는지 짐작이 간다. 날림으로 진 집 위층에서 연주되는 사랑의 화음 탓일 것이다. 그리고 왜 화장실을 갈 건지 말 건지 망설이는 것도 짐작이 간다. 혹 주책없는 인기척으로 그들의 사랑에 방해라도 주지 않을까 하는 속 깊은 배려에 의해서다. 머지않아 종달새 같이 종종대는 귀여운 꼬마는 더 귀여운 동생을 볼 것 같다.

7.

사랑하는 마음, 공감하는 정신으로 인간과 자연을 바라 볼 때 긍정의 쾌감은 자연스럽게 발생한다. 시인은 바로 이 자연스런 쾌감을 어떤 도덕·윤리적인 이유나 현실적 목적의 용도에 관계없이 '직접적 immediate'으로 독자에게 전달하여야 한다. 모든 예술의 공통적인 본질은 미적 수단을 통해 쾌감의 정서를 불러일으키는 것으로, 예술가는 이 직접적 목적을 위해 복무하여야 한다. 문학도 진리를 설명하고 교훈을 가르칠 수 있지만 이런 것이 그 직접적 목적은 아니다. 어떤 실질적 목적이 개입되거나 그에 부차적인 것이 된다면 그것은 '직접적'이 되지 못한다. '무목적의 목적성'이란 말을 상기할 필요가 있다.

이미지는 집중되며 강력한 정서를 유발한다. 위의 시는 어느 새벽 모든 감각을 개방하여 얻어진 이미지들이 시적 사건으로 형성되며 '직접적'인 긍정의 쾌감을 만들어 낸다. 위층 식구들은 가난하지만 행복하다. 시는 짧지만 건강한 관능이 있고 해학이 있다. 화장실을 갈 건지 말 건지 망설이는 화자의 모습에서 우리는 따뜻한 한 인간성을 보며 저절로 미소를 베어 물지 않을 수 없다. '군청 청소차'가 '구시렁'거리고 '강진 가는 첫차가 기침'한다는 것은 또 얼마나 반짝이는 이미지인가.

시집에는 이미지 집중으로 정서를 때리는 시편들이 산

견되고 있다.

> 곱게 늙어가는 주인 아낙
> 술 한 잔 건네니
> 막 겉절이 버무린 손톱
> 단풍처럼 곱고
>
> — 「술청」 부분

고춧가루로 "막 겉절이 버무린 손톱"은 벌겋게 물이 든다. 노동 끝의 아름다움은 어떤 아름다움보다 크고 깊다. 고추 물로 붉게 물든 주모의 손톱은 시인의 눈에 "단풍처럼" 곱게 보인다. 봉숭아 꽃물보다 더 곱다. 매니큐어는 아예 저리 가라. 겉절이 버무린 붉은 손톱을 보는 시인의 시력이 예사롭지 않다. 이처럼 강한 시각적 심상은 정말 오랜만이어서 더 반갑다.

> 잡고 있는 소매 자르랴
> 울지 마라
> 웃으면서 만나는 사람 있거든
> 그때 목 놓아라
>
> — 「몌별袂別」 전문

시는 짧다. 그러나 한 마디로 위 시는 시의 모든 정수를 보여준다. 없을 건 하나도 없고 있을 건 다 있다. '몌

袂'는 소매고 '별別'은 헤어짐이다. 시제 자체에서 이미 우리는 '소매'를 붙잡고 단장의 '이별'을 아파하는 한 정황을 본다. 화자는 소매를 잡고 슬퍼하는 사람에게 울지 말라며, "웃으면서" 만날 사람 있을 때 그때 "목 놓"으라고 다독인다. 웃음과 울음이 대비되며 날카로운 아이러니가 작렬한다. 이 아이러니를 제대로 설명하자면 많은 지면이 소요될 것이다. 그러나 이 역설에는 헤어져야 하는 사람에게 주는 무엇보다 큰 정이 실려 있다. 그 정은 "소매를 자르라"와 같은 냉정한 '차가움'이 있기에 오히려 엄청난 '뜨거움'으로 타오르는 정이다. 사랑과 별리에 대한 새롭고 신선한 의미를 담지하고 있는 이 짧은 글은 독자들의 정신기능을 최대로 고양시킨다.

시인은 가르치는 사람이 아니다. 사람의 총체적 정신기능을 활동하게 하는 보다 근원적인 일을 하는 사람이다. 그런 놀라운 힘을 가진 사람이다.

8.

그런 놀라운 힘은 추억의 회상에서도 여전히 발휘된다.

그런 시절
어금니로 쐬주 병마개를 땄던 시절
주머니는 쓸쓸했지만 이빨 하나는 튼튼했었지

114

괜한 사랑에도 눈물 찔끔거리고
갑작스러운 이별에는 담담했었다
그런 시절
어둠은 일찍 찾아왔지만
거기 청춘을 묻고 민화투로 낄낄거렸던
새벽은 더디었다
김지미 눈물이나 배호의 가쁜 목소리에
가출 이유가 있었고
외상으로 버티던 아버지 배짱은 위대했지만
한밤중 장독대 뒤 어머니의 숨죽인 흐느낌은
더 위대한 서러움이었다
그런 시절
한겨울 미제 야전 잠바에 홑바지
만월표 고무신 속 맨발
십 리 초상집도 마다치 않고 달려가
연고 없이 울어주며 술 퍼마셨던 객기가
한없이 유치했던
그런 시절
세월은 가고 벽 한쪽에
우두커니 걸려있는 바랜 그림자 한 벌

— 「흑백필름 2」 전문

    칠십 년대 시골에서 어려운 시절을 겪어 본 사람은 그
때로 당장 돌아가 있는 자신을 발견하게 하는 시다. 이
시집에는 세 편의 흑백필름 연작이 있는데 한결같이 과

거—환희와 기쁨과는 거리가 먼, 오히려 가난에서 비롯된 아픈 상처가 있는—를 돌이켜보게 하는 '슬픈 아름다움'이 있다. 그것은 '파리똥에 바래터진 액자'와 '남국의 야자나무 그림'이 아무렇게나 걸려있는 동네이발소 의 구체적 공간(「흑백필름 1」)을 통해, 또한 밀린 월사금 때문에 책가방 뺏기고 "넓은 운동장 가로질러 아무렇게나 걸어가는" 어린 시절의 선명한 시간(「흑백필름 3」)을 통해 각인되어 있다. 그때의 시공간을 화자는 이미 "인생은 짜디짠 조선간장을/ 매일 한 대접씩 들이키는 것"이라고 생각하게 되는데 이처럼 강한 서정적 비유는 바로 아픈 기억에 새겨진 상처의 흔적에 그 끈을 대고 있다.

  인용된 시는 그 중 대표적인 것으로 여러 기억이 함께 갈무리 되어있다. 무엇보다 이 시에서 눈에 띠는 것은 시적 대상의 구체화다. 이미 앞에서 본 것처럼 시인은 이발소 안에 걸린 파리똥 절은 액자도 철저히 그 물질성을 구체화 시킨다. 액자 속의 그림은 촌스런 '바닷가의 야자수'며 글귀는 뻔한 '삶이 그대를 속일지라도 어쩌고 저쩌고'이다. 대상을 감각적으로 표현하기 위해서는 추상어보다는 구체어를 찾아야한다. 흘러간 배우나 가수는 "김지미 눈물이나 배호의 가쁜 목소리"로 구체화된다. 특히 "미제 야전잠바"와 "만월표 고무신"에서 잠바와 고무신을 구체화하며 수식하는 '미제'라는 생산지 와 '만월표'라는 상표는 당시의 시대상을 생생하게 표출시키는 강력한 심상으로 작동하며 독자를 흡인한다.

화자는 몇 가지 예를 들며 모든 물자가 결핍되었던 당시를 회상한다. 병따개마저 귀해 "쐬주 병마개"를 "어금니"로 땄던 시절이었다. 왜 그랬는지 "괜한 사랑에도 눈물 찔끔거리고" 정작 눈물을 흘려야할 "갑작스런 이별에는 담담" 했다. 미묘한 역설이 발생한다. 주머니 쓸쓸한 청춘이 하는 놀이라고는 민화투—돈 내기 고스톱이 아니라—나치며 낄낄거릴 뿐이었다. 신파조 영화나 유행가에 가출을 꿈꾸기도 하던 시절이었다. 때로는 연고 없는 초상집에 야전잠바에 고무신 신고 달려가 울고 술 퍼마시고 객기를 부리기도 했던 시절이었다. 자칫 이 시가 이런 식으로 계속되었더라면 단순한 추억담의 나열이 될 뻔 했다.

그러나 화자의 시선을 통해 포착된 당시 부모의 모습은 갑자기 묵직한 생의 엄숙함으로 우리를 숙연하게 한다. 외상으로 버티는 아버지의 배짱은 실상 위대할 것도 없이 위대한, 한 마디로 패러독스다. 그러나 그 '위대한 배짱' 뒤에서 식구들을 건사하며 인고의 나날을 보내야 했던 "어머니의 숨죽인 흐느낌", 그 "한밤중 장독대 뒤"의 모습이야말로 진정한 '위대함' 이었다. 그 위대한 서러움은 우리의 통점을 예리하게 파고든다.

화자가 기억하는 젊은 시절의 객기는 유사한 경험을 공유하며 당시를 반추하는 모든 독자에게 웃음을 베어물게 한다. 그러나 박철영 시의 미학적 특질은 앞의 시편에서 보는 것처럼 눈물과 웃음이 맞물리는 순환구조를 가지고 있다는 점이다. 이미 우리가 베어 무는 웃음은 달콤하지 않고 씁쓸한 것이다. 이는 건곤병진乾坤竝進이라는 주역의 해석처럼 슬픔의 국면에는 해학이 깃들고 해학의 국면 저변에는 슬픔이 깔려있는 역설적 과정이다. 삶에 얽힌 다양한 국면들이 그에 걸맞은 다양한 가락과 장단으로 최대한 호응되며 웃음판과 울음판을 반복하는 판소리의 미학적 구성과도 흡사하다. 진양에 계면조 가락으로 낙루하던 관객은 자진모리에 우조 가락으로 어깨를 들썩거린다. 아무도 기다리지 않는 귀갓길의 '쓸쓸함'은 그래도 등불 반짝이며 기다리는 방 한 칸이 있어 '고마움'이 된다. 만남과 헤어짐의 반복 속에 어쩌다 모처럼 만난 식구가 순댓국이나 훌쩍거리지만, 그러나 그 삶은 '춥게' 보이며 또한 실제로는 어떤 삶보다 '따뜻한' 것이기도 하다. 날림 집 위층에 사는 세 식구는 '가난'하지만 물질과 명예가 줄 수 없는 '풍요'를 누리고 산다. 한편 지금 생각해도 '웃기는 추억' 속의 젊은 시절은 장독대 뒤의 어머니의 눈물과 중첩되며 무엇보다도 큰 '서러움의 기억'으로 변모한다.

위의 시에서 "그런 시절"은 반복 병치되며 연 가름을 대신하고 있다. 동시에 "그런 시절"은 뒤의 문장과 앞의 문장을 교묘하게 수식하는 연결고리로 작동하며 의미의 전환을 기하는 동시에 앞뒤 이질적인 사실들을 서로 대조contrast시키는 효과를 야기하며 상호 연관을 맺게하는 새로운 의미구조 단위를 형성해간다.

박철영의 시는 '자연스럽게' 배태되어 표현된 것이라고 말한 바 있다. 그렇다고 해서 그가 시적 형식의 전통과 기법을 무시하거나 등한시하는 것은 결코 아니다. 위의 시에서 "그런 시절"의 반복 병치로 시의 전체 틀을 짜고 있는 것만 보아도 그가 시의 형식에 얼마나 신경을 쓰고 있는지 확연히 드러난다. 그러나 그것은 기계적 형식이 아니다. 시인의 무형한 시정신이 스스로를 성장 · 발전시킨 결과 생명체처럼 필연적으로 취한 형식이다. 형식은 여러 재료들에 의해 실체를 갖게 되고 재료를 통해서 작용한다. 그러나 또한 재료들은 형식의 몸을 입을 때 생명을 가질 수 있다. 부분들은 상호 침투하여 '살아 있는 형식'으로 결합되어야 하는 것이다. 아름다움의 최고 이념은 '사실과 형식의 완전한 결합과 균형'이다. 박철영은 이를 간과하지 않는다.

9.

세월이 흐르고 "그런 시절"은 흑백필름 같은 추억이 되었다. 그러나 벽 한쪽에는 아직도 야전잠바가 빛바랜 추억의 "그림자 한 벌"로 우두커니 걸려있다. 웃고 울고 지지고 볶던 그런 시절은, 그리고 그 시절을 하나로 묶어 상징하는 야전잠바는, 이제 벽에 걸린 그림자 한 벌에 불과한 것이다. 세월은 무상하고 푸른 잎은 낙엽 되어 흙으로 돌아간다. 자연의 이치다.

시인은 안다. 우리의 삶 가운데 가장 확실한 것은 세월은 가고 결국은 누구나 떠나야 한다는 것을. 낙타는 안다. 자신의 삶은 사막에서 영위되는 것이고 사막에서 비를 기다려 봤자 말짱 헛일이라는 것을.『낙타는 비를 기다리지 않는다』라는 박철영의 이번 시집은 바로 이런 사유를 정확히 내비치고 있다. 욕망이 있는 한 만족은 있을 수 없다. '만족'의 반대말은 '결핍'이 아니라 바로 '욕망'인 것이다. 욕망으로 몸부림치지만 생의 무상함 속에서 그것은 한바탕 헛꿈일 뿐이다. 사막의 낙타가 비를 기다리지 않는 것처럼 그는 이런 욕망에서 벗어나 자족自足하려한다. 머리를 뉘일 수 있는 방 한 칸을 고마워하려 한다. 따라서 인간과 자연을 바라보는 시인의 눈길에는 온기가 있을 수밖에 없다.

공감과 사랑으로 온기가 가득한 시인의 눈길에 축복이 있으라. 순댓국 훌쩍거리며 객쩍은 아버지 말을 듣고 있던 그 착한 부인과 따님에게도 축복 있으라. 날림으로 지은 집 위층에 사는 종달새 같이 귀여운 어린것에게도.